萨玛格的夏天

萨玛格

——

著

长江出版传媒

长江文艺出版社

目 录

第一辑 | 月是故乡明

萨玛格的夏天

那年夏天

环顾意大利竞技场

罗马人的故事

让我重温了

昔日帝国的自由和人性的宽容

顿喜

萨玛格的傈傈人

也有这样的夏天

那年夏天

驻足葡萄牙罗卡角

大西洋的翠绿

让我忘记了

千里迢迢的劳顿和历史的更迭

欢喜

萨玛格的纳帕海

也有这样的夏天

那年夏天

穿行西班牙格拉纳达

建筑史的辉煌

让我考量了
宗教和谐的共存和文化的完美
惊喜
萨玛格的松赞林寺
也有这样的夏天

那年夏天
游览美国西海岸
大自然的神笔
让我诧异了
蓝得无语的天空和民族的融合
窃喜
萨玛格的世外桃源
也有这样的夏天

那年夏天
漫步澳大利亚墨尔本
拉沃尔的传奇
让我回顾了
顽强拼搏的精神和文明的多样
暗喜
萨玛格的今天
也有这样的夏天

……

萨玛格的夏天
是萨玛格的夏天
也是世界的夏天
我在萨玛格的夏天
静静等候你的到来!

纳西女孩傈僳小伙

火花

轻轻一擦

划破夜空中最孤寂的两颗星

左边的星

沉睡中睁开了眼

右边的星

跳跃中停下了脚

光芒

笼罩四周

弦子拉响了阿尺木刮的欢快

左边的星在四处寻找

那个荡了秋千过了溜索的

美丽的纳西女孩

右边的星在悄悄暗恋

上了刀山下了火海的

英俊的傈僳小伙

米酒喝起来

赞歌嗨起来

火把燃起来

两颗星醉在火把旁的欢歌里

左边的星从高黎贡山走下来

带着燕麦的清香

大山深处的云雾

峡谷飞越的溪流

右边的星从拉市坝子走上来

带着野花的芳香

田野显露的生机

湖泊穿越的万物

两颗星的相遇

火花

慢慢燃烧

夜空

星光璀璨

万物有了勃勃生机

我和我的情人

你用脚
踏上傈僳先辈们的一步步印记
用心吟唱
那回肠荡气的阿尺木刮
我用心
追上游牧民族的一个个起点
用脚舞蹈
那峰回路转的纳西古乐

你寻根
探究民族文化的泉眼
用爱链接
那和风细雨的一段段历史
我追梦
盘活世界历史的交接
用笔书写
那异彩纷呈的一片片记忆

你从容
似高黎贡山的木棉花
用沙安抚

那波涛汹涌的壮丽怒江

我淡然

如玉龙雪山的杜鹃花

用风传递

那神秘莫测的象形文字

你的厚度

垫高了我脚下的海平面

我的宽度

拓展了你眼里的水平线

历史　文化　民族

一个个活化石默默诉说

你无须感叹：

一个接近真实的谎言

还是一个接近真实的真实？

我从未哀伤：

你的文明存在的合理

还是我的文明延续的可能？

历史的偶然和必然

总是在瞬间爆发

你在进化论中享受傈僳人的传承

我在相对论中迷恋纳西人的文化

你站在历史的阶梯

我立足全球的背景

包容　理解　欣赏

我的情人

来吧！

你把你的笑容甩起来

我把我的头发垂下来

让我们的灵魂紧紧拥抱

为各自民族文化的璀璨

而奉上我们的佳肴！

纳西小女人

你在黄昏
哀叹时光匆匆
我用格林尼治秒针
轻戳了你一下
你惊醒
原来美好就在当下

你在秋季
哀伤爱情匆匆
我用丘比特之箭
轻射了你一下
你惊喜
原来爱情就在眼下

你在远方
哀愁相聚匆匆
我用微笑之惑
轻点了你一下
你惊觉
原来拥有就在脚下

你的每一次哀鸣

都在我这儿戛然而止

我用纳西小女人的情怀

——化解

入睡时

你含着蜜一样的梦

醒来时

你抱着梦一样的蜜

世间万般感受

哪一种能替代

纳西小女人的风情？

似是天使归

第一次
你被字里行间
高黎贡山的百鸟争鸣
和玉龙雪山脚下的涓涓小溪
所震撼
而震撼我的
却是故乡风里飘来的
奶奶甜美的呼唤
和拉市海边小羊羔的欢唱

第一次
你被画里画外
石月亮的清幽空灵
和四方街的悠悠石桥
所迷醉
而迷醉我的
却是故乡画里描出的
傈僳汉子的健美身躯
和纳西女人的绰约多姿

第一次

你被梦里情怀

喜马拉雅红豆杉的高贵

和丽江木府的尊严

所魂牵

而魂牵我的

却是故乡歌里唱出的

祖先生生不息的变迁

和子孙们永不放弃的梦想

我不是天使

但我的出现

也许是你的天使

我用笔悄言细语

道出你对故乡的深深依恋

那情怀

触动了我的心

我愿成为你的天使

在云之端

为你送上清香的微笑

我

也许就是你的天使

风从哪里来

马头琴
在草原月色中
如泣如诉地拉响
先辈们纵马驰骋疆场的画面
追忆中
一碗热乎乎的浓郁奶茶
搅拌着心中滚烫的两行泪
一阵微风
从草原无垠的上空轻轻吹来
祖先在此刻驻留

茶叶树
在东西南北中
如诗如画地唱响
祖辈们穿行茶马古道的颂歌
搜寻中
一句暖洋洋的亲切问候
伴随着手中奉献的一把弩
一阵轻风
从小溪无边的源头慢慢吹来
历史在此刻遥望

春之城

在一带一路中吹响

静默中

一盏明亮亮的街头夜灯

陪衬着眼中闪动的无数星

一阵凉风

从星空无际的四周悄悄吹来

石月亮

在高黎贡山中

如静如动地奏响

边民们耕耘荒山野岭

遐想中

一股清幽幽的小麦清酒

糅合着话中深埋的一份情

一阵春风

从妹妹无私的发梢静静吹来

爱在此刻重逢

行走于祖国南北

相聚于村村寨寨

共享天地之灵气

携手未来之梦想

心比天更辽阔

梦比心更从容

此刻

一个傈僳汉子

用足迹告诉我

风从哪里来

它的名字叫高黎贡山

（送给从高黎贡山走出的男人。写于伊斯法罕到亚兹德途中）

晨曦叫醒了它

沉睡千年

爆发

只在朝夕

它犹如小蜜蜂

绽放了花粉的美丽

微风安慰了它

梦呓远古

流浪

只在瞬间

它犹如小燕子

歌颂了春天的美丽

清泉陪伴了它

搜寻万里

躁动

只在片刻

它犹如小女孩

预见了未来的美丽

它叫醒了晨曦

迎接光的拂面

它安慰了微风

接受雨的滋润

它陪伴了清泉

沐浴爱的洗礼

它和晨曦漫步在光中

光给予它们无限灿烂

它和微风畅游在雨中

雨赋予它们无穷生机

它和清泉热吻在爱中

爱赐予它们无尽温暖

它是他

他是它

它的名字

被世人称道

他的名字

却悄悄打动我的芳心

他是我心中的它

风中游荡着一个名字：

高黎贡山

它一直在傈僳人的耳边

萦绕

傈僳情话

拉磨的哥哥走前方
城里的妹妹哟
紧紧跟在哥后面
阿哥哟
你的面阿弟帮你磨哟

我的哥哥笑声应答
阿弟啊
哥哥的面哥来磨
阿弟赶紧放羊去

打猎的哥哥走远方
城里的妹妹哟
远远跟在哥后面
阿哥哟
你的鸟阿弟帮你打哟

我的哥哥大声应答
阿弟啊
哥哥的鸟哥来射
阿弟只管砍柴去

串亲的哥哥走上方

城里的妹妹哟

笑笑跟在哥后面

阿哥哟

仙米粑粑加米酒

请妹坐下歇歇脚

我的哥哥高声应答

阿弟啊

妹妹的笑哥来享

阿弟快找婆娘去

阿哥哟

阿弟哟

一对傈僳汉子

在山林里

欢快地唱起了

男人和女人的情歌

它与卡久拉霍的传说

一脉相承

丽江在沉思

走近它时

人们匆匆一瞥

此山　此水　此桥　此石　此花

与那山　那水　那桥　那石　那花

闪电一般匆匆过滤

一天两天

丽江不再遥远

而我的祖先

用一代又一代的足迹

解读它的存在时

丽江仍是一曲遥不可及的歌

走进它时

人们轻轻一吻

此天　此地　此云　此霞　此月

与那天　那地　那云　那霞　那月

微风一般轻轻印照

一周两周

丽江不再生疏

而我的先辈

用一生又一生的年华

追忆它的历史时
丽江仍是一段谜语叠加的路

拥抱它时
人们甜甜一笑
此曲　此韵　此舞　此乐　此味
与那曲　那韵　那舞　那乐　那味
知音一般甜甜呼应
一月两月
丽江不再传奇
而我的母亲
用一滴又一滴的乳汁
浇灌它的土地时
丽江仍是一片深不见底的海

拥有它时
人们美美一梦
此生　此世　此人　此物　此情
与那生　那世　那人　那物　那情
光影一般美美相逢
一年两年
丽江不再神秘
而我的小羊
用一声又一声的呼唤
摇醒它的沉睡时
丽江仍是一首无人可及的诗

丽江

任凭人们喋喋评说

它一直在沉思

这个纳西女人

初阅她的诗篇
闻一闻
嗅见了家乡妹妹的水酒
其清香从高黎贡山飘来
听见了梦里妈妈的鸡汤
其嘱咐从滔滔怒江涌来
看见了远古奶奶的双乳
其泉水从石月亮中飞来
这个纳西女人
直白
直白得那么傻

再阅她的诗篇
嚼一嚼
水酒里飘来的清香
闻见的只是风的闹剧
清香弹奏出魂牵梦绕
的那一棵杜鹃
久久吟诵着傈僳人的边塞曲
其旋律才催人泪下
鸡汤里涌来的嘱咐

听见的只是云的欢笑
嘱咐击打出醉人心扉
的那一首羊子歌
时时牵挂着儿女们的幸福泪
其温暖才根深蒂固
双乳里飞来的泉水
看见的只是叶的俏皮
泉水喷发出缠绵悱恻
的那一枝山茶花
远远诉说着祖辈们的奋斗史
其功绩才令人起敬
这个纳西女人
真实
真实得那么纯

伴着波尔多的红酒
慢慢品着她的诗篇
灵魂飞出千山万水
去拥抱她字里行间的
超度　善良　唯美　哲理
本真　自然　丰富　内涵
如果
在一年又一年流逝的时光里
岁月即便镶嵌翡翠
心若没有靠近堤岸
这个纳西女人

你怎能懂她一二

这个纳西女人
自然
自然得那么美

傈僳山寨只有鸡打鸣

凌晨

冷空气还在拥抱着

宁静的村庄和

熟睡的人们

此伏彼起的鸡鸣

一声声

一声声

催促着一天的好光景

从一缕轻烟中快快升起

勤劳的傈僳人

在薄雾中

拾起了米斯尼的预言

傈僳山寨的早晨

从鸡鸣声中徐徐拉开了帷幕

房前屋后

三三两两的公鸡母鸡

闲庭碎步观望着

山那头的雾远去的背影

和主人背着牛羊们

翘首以盼的包谷秆

忽远忽近的身姿
小姑子　小叔子
在火塘边
拨亮了一家人的希望
傈僳男女的心声
在鸡鸣声中悄悄打磨着光阴

午后时分
公鸡打一个盹
母鸡下一个蛋
烟雾缭绕了傈僳小山寨
风中摇曳的树林
时静时动
潜伏着好大雪的丰年
火塘边的烧土豆
散发出阵阵清香
傈僳娃儿嬉戏着小黑狗
在庭院下
串起了山那头的一颗颗星星
傈僳阿妈的眼神
在鸡鸣声中静静凝望着山寨

傈僳山寨
在鸡鸣声中抖擞精神
云山树河
在鸡鸣声中展颜欢笑

我的家人

在鸡鸣声中书写沧桑

鸡鸣的一天

是傈僳人阿尺木刮的一天

一天的鸡鸣

是傈僳山寨欢天喜地的一天

二〇一七的初四

傈僳山寨只有鸡打鸣

寂静的山林

我走在

这一片远离城市喧嚣

的寂静山林

风放慢了脚步

星拉近了距离

连流动的小溪

都回眸凝望着山林

恋恋不舍

我把心交给寂静的山林

山林润言细语

捎话于我

爱始于此

寂静的山林

用沉默作了最美的告白

世人只要停下脚步

让心回归山林

游荡的灵魂

狂妄的宣言

世俗的目光

狭隘的欢笑

在寂静面前落花流水
消失得无影无踪
我把我交给寂静的山林
山林脉脉含情
轻抚着我
爱终于此

岁月如何漫长
也匆匆
回忆如何忧伤
也匆匆
爱情如何煎熬
也匆匆
只有寂静的山林
像我心中驻扎的情人
一直在风中吟唱
爱是唯一的永恒

风在松林里穿梭

黄昏

山寨回归寂静

炊烟伴随着大地的苍凉

轻飘飘地消失于黑夜

错峰密林的大山

除了此伏彼起的犬吠

唯有风

在松林里来回穿梭

月送黄昏

松林里传来一声轻叹

喧哗之后

寂静才是永恒的主题

这里的天空

走过一座座山
没有哪里的天空
愿意为大山
撑一把美丽的花雨伞
并撒下一朵朵相思的百合花
让大山收起流浪的心
天的纯
山的静
让这里的天空
远离大地的唇枪舌剑

见过一片片松林
没有那里的天空
愿意为松林
铺一张惬意的安乐窝
并落下一颗颗温润的夜明珠
让松林释怀忧伤的梦
天的真
林的欢
让这里的天空
隔断现实的浮光掠影

这里的天空

不评判

亚历山大　皮洛士　汉尼拔

谁是最强者

历史的偶然与必然

黑与白

自有后人评说

这里的天空

见证了大山里的傈僳先民

谱写的荡气回肠的生死恋曲

这里的天空

不逞强

他　他　他

谁是最佳者？

历史的局限与无限

优与劣

自有世人争执

这里的天空

历数了

松林里的傈僳脚印

守候的亘古不变的古今情怀

这里的天空

纯净　湛蓝　辽阔　自由

让每一座山

可以瞭望到

宇宙的一个又一个极点

让每一片林

可以触摸到

夜晚的一颗又一颗明珠

在这样的天空下

人们还会羁绊于

瞬间的得失，成败？

还会桎梏于

片刻的名利，爱恨？

这样的天空

在大山的松林里捎风儿

隐喻

一切终究虚无缥缈

傈僳人的恋曲和情怀里

只留下爱的余香

我

在这样的天空下

闭门思过

三江并流的星空

路

在他眼里
有长有宽有人走
在我眼里
有花有草有我阿妈的眼睛

在你眼里
有情有梦有希望
牵起了老君山上杜鹃花
与永春河岸红豆杉
的一帘幽梦
串起了
三江并流的一颗颗星星
共同来演绎
在水一方的中国梦

天

在他眼里

有云有雾有彩虹

在我眼里

有风有雪有我情人的泪珠

在你眼里

有光有帆有明天

联起了

东巴文字

与阿尺木刮

的窃窃私语

燃起了

茶马古道的一颗颗星星

共同来书写

彩云之南的民族魂

路漫漫其修远兮

你把脚下的路

绘制成四通八达的窗口

天宽了

天也近了

天苍苍其穷难兮

你把头上的天

连接成八面来风的通道

路长了

路也近了

路

在你眼里

是设计通往天堂的路

天

在你眼里

是打开幸福源泉的口

我在这里

愿意

用我阿妈的眼睛

守望着你的路

用我情人的泪珠

成就你的天

这里的路

这里的天

会成为你心中最美的星空

今夜星星醉了

哲学的命题

第二辑

我的　你的

好无辜
明知世间万物没有标签
我们却细分
我的　你的

好无解
明白爱情世界没有私心
我们却较真
我的　你的

好无语
明说人生旅程没有先后
我们却骄傲
我的　你的

好无聊
明显人类基因没有优劣
我们却宣称
我的　你的

好无法

明了道德尺度没有真假
我们却辩白
我的　你的

好无情
明确群雄逐鹿没有胜负
我们却谎报
我的　你的

我的　你的
本是同根同生
只存在于有限的空间
我的终将随我而消失
你的必然依你而消逝
我的　本不属于我
你的　也不属于你

我的　即你的
你的　是我的
我的　你的
统统见鬼吧
我和你
不要"的"

时间是什么

他留下一个背影
在深秋的夜里
我正啜饮那一杯
苦涩略带泪花的葡萄酒时
你问我：
时间是什么？
我睁开醉眼
喃喃自语
时间
时间是情人的回眸
稍纵而即逝
短暂而伤感

他留下一卷诗篇
在初夏的黄昏
我正呼吸那一簇
暗香略带飘游的合欢树时
你问我：
时间是什么？
我屏住呼吸
自言自语

时间
时间是诗人的感叹
无声而震撼
深邃而落寞

他留下一份遗嘱
在开春的山峰
我正远眺那一轮
金黄略带光彩的红太阳时
你问我：
时间是什么？
我收回目光
扪心自问
时间
时间是智者的光辉
梦想而璀璨
高瞻而远瞩

他留下一个微笑
在隆冬的午后
我正思索那一棵
稚嫩略带可爱的向日葵时
你问我：
时间是什么？
我拉回思绪
沉默应对

时间

时间是上帝的恩赐

博爱而宽厚

真实而永恒

时间在前面带路

春夏秋冬和

你我尾随其后

稍不留神

我们被时间抛弃

你在时间里

可曾留下印迹？

我在时间里

不敢悲伤

不敢等待

不敢奢求

不敢抱怨

只敢小跑着

跟在时间后面

喘着粗气

大声对时间说：

我爱你　时间

别扔下我！

等我把

情人的回眸吻下

诗人的感叹亲下

智者的光辉照下
上帝的恩赐收下
你再抛弃我
好吗？

何为永恒

初恋她时
懵懵懂懂
牵一牵手
认定此生只爱她一人
顷刻
就是永恒

初恋他时
情窦初开
吻一吻脸
笃定此生只嫁他一人
瞬间
就是永恒

热恋她时
一日三秋
拥入怀里
世间万物只存她一人
念想
就是永恒

热恋他时

如坐针毡

十指相扣

世间杂事只挂他一人

专注

就是永恒

她走远时

心如秋叶

万念俱灰

日日夜夜只想梦一人

偏执

就是永恒

他消失时

心剩空壳

生死未卜

梦里梦外只想忘一人

难忘

就是永恒

永恒

看不见

摸不着

你的永恒

在你心里

有或无?
我无从知晓
我的永恒
未曾离开我心
永恒走的那天
我先永恒见了上帝!

见或不见

见
是美丽的开始
不见
是美好的延续
见
不过是心有灵犀一点通
不见
也许是心有所依魂可牵

见
是把那份自信写在脸上
不见
是把那份自尊刻在心里
见
不过是验证想象与现实的差距
不见
也许是应验现实里的美丽童话

见
是面对面的对话
不见

是心与心的交流
见
不过是内心在外形的表象
不见
也许是外表在内心的美化

见
是一种接近真实的沟通
不见
是一种靠近灵魂的碰撞
见
不过是考验一眼的神力
不见
也许是拷问一生的魔力

见或不见
只影响蜻蜓点水的过客
不改变高山流水的知音
见了
无非见了
不见了
无非不见了
见或不见
你在！我在！
就都在！

诗的魅力

晨风中
卡尔费尔德轻抚我眼
那一首《希望是我的遗产》
让眼中的泪滑落
我起身
开足一天的马力
用希望托起琴音
起跑在荒芜的贫困山谷

低迷时
夸西莫多唤醒我心
那一首《廷达里的风》
把心中的泪吹落
我放声
回荡一生的牧歌
用狂风书写尊严
驰骋在寂静的辽阔田野

失恋后
蒙塔莱牵着我手
那一首《又勾起我的思念，你的微笑》

把手中的泪抖落

我释然

收藏一叶的记忆

用微笑拥抱财富

狂奔在绿色的青翠华盖

夜深处

莎士比亚轻敲我窗

那一首《我的诗应最使你骄傲》

把梦中的泪笑落

我沉睡

祷告一夜的神力

用骄傲装饰人生

跳跃在美丽的艺术诗篇

……

冥思了

希姆博尔斯卡私语我耳

那一首《写作的快乐》

才明白凡人的手的报复

直击我人生的全部

一个个鲜活的灵魂

一只只凡人的手

报复了一个个平凡的人

我

乐享其中

来吧

斟上美酒

尽情享受凡人的手的报复吧

分手的玄机

闹钟丁零零一响
雄鹰早已直上天空
觊觎风轻云淡
我和枕头分了手
朝着鸟儿的方向
去追赶光阴的射程
才发现天空的无际
足以让我与鸟儿齐飞

情人哭啼啼一叫
激情早已浪迹天涯
寻找心有灵犀
我和失恋分了手
翻看爱情的字典
去意会心跳的瞬间
才发现天涯的无限
足以让我与爱情重逢

现实哗啦啦一喊
梦想早已驰骋疆场
遥望心想事成

我和抱怨分了手

奔赴勇者的舞台

去抓住奋斗的翅膀

才发现疆场的无边

足以让我与勇者并行

悲伤笑嘻嘻一来

从容早已羽翼丰满

呈现谈笑风生

我和眼泪分了手

积聚力量的能源

去实现凡人的理想

才发现丰满的无垠

足以让我与力量相拥

……

每一次分手

就像打开阿拉伯的飞毯

海阔天空任我遨游

每一种分手

就像邂逅渔夫的小金鱼

梦想成真任我选择

分手

关上了一扇封闭的墙

打开了一道开放的门

人生
总在一次次分手之后
成就了一次次质的飞跃
生活
总在一种种分手之后
换来了一种种美的升华
在自由行走的天空下
分手原来如此奇妙

想，是最好的状态

前思后虑时
你在沙漠的小水池
斟酌
有一种想远走他乡的冲动
亲爱的
想走的感觉如此神往
远甚于走出去的心跳

夜深人静时
你在草原的小木屋
细诉
有一种想抱我入怀的欲望
亲爱的
想抱的感觉如此强烈
远甚于抱紧我的体验

风雨兼程时
你在丛林的小泥泞
反省
有一种想回归自然的淡定
亲爱的

想回的感觉如此平静
远甚于回归后的轻松

孤独寂寞时
你在繁华都市的小酒吧
倾诉
有一种想吻我的痴狂
亲爱的
想吻的感觉如此迷醉
远甚于热吻中的芬芳

挫折失败时
你在荒无人烟的小树林
哭诉
有一种想重新选择的懊恼
亲爱的
想悔的感觉如此醒脑
远甚于选择前的疑惑

想
有一种神奇力量
区别了生与死的分离
想
有一种超然魔力
检测了真与假的分别
想

有一种独创配方
见证了高与低的分组

想
是一个人存在的标志
想
提供了无限可能的空间
想的感觉
盘活了我们的肉体

因为活着
我们想
因为想
我们活着

亲爱的
享受想的感觉吧
我会在想中靠近你
当下
先细细品味想的美妙

你想要什么

在适者生存的环境中
孤身一人
勇敢飞行
乌龟从东边一笑爬过
画下询问：
你想要什么？
我清楚：
终点不是目标
我想要
挑战极限的历练

在峰峦高耸的山路上
独自一人
摸索前行
大雁从南边一晃飞过
抛下寻问：
你想要什么？
我明白：
山峰不是目标
我想要
攀登山峰的历程

在岁月匆匆的年华里
单独一人
微笑远行
骆驼从西边擦肩走过
设下疑问：
你想要什么？
我知道：
金钱不是目标
我想要
美丽人生的历史

在真假难辨的情感边
只身一人
执意探行
孔雀从北边开屏越过
舞下探问：
你想要什么？
我了解：
结果不是目标
我想要身心去爱的历经

我
你说得对
直白
略带一点骄傲的傻
在彼时彼地

还是此时此地
我选择并坚持
一意孤行
因为
我渺小
怕被随波逐流淹没
我平庸
怕被身不由己淘汰
我平凡
怕被知足常乐掩埋
我普通
怕被患得患失抛弃

我
没乌龟的爬行长度
没大雁的飞行速度
没骆驼的远行韧度
没孔雀的舞行高度
但我
飞行　前行　远行　探行
你想要什么？
我享受并执着我的
行
我想要的
一切尽在行中

火点燃了冰

当喧哗和浮躁

蜂拥而至的时候

我是躲在喜马拉雅山的

一块冰

沉寂千年

无动于衷

任由人群随波逐流

我只愿

静静沐浴大自然的光

细心翻阅小宇宙的影

自由享受赤裸裸的美

当灯光和掌声

目眩神迷的时候

我是睡在乞力马扎罗的

一块石

沉睡百年

自由自在

任由人群功成名就

我只愿

默默等候撒哈拉的风

真心回望罗塞塔的碑

自在漫步光秃秃的峰

当感动和满足

热泪盈眶的时候

我是坐在丽江拉市海的

一棵草

沉思十年

悄无声息

任由人群潮起潮落

我只愿

轻轻抚摸大西北的鸟

用心吟诵哈菲兹的诗

自觉回味白茫茫的沙

你惊艳于

冰的纯洁无瑕

用手心暖暖捧起

冰流泪之时

冰之下沉寂的火山

瞬间爆发

你猝不及防地体验了

激情和冲动

你惊喜于

石的棱角分明

用眼神脉脉注视
石翻滚之时
石之下沉睡的泉眼
片刻喷发
你始料未及地感受了
痛快和彻底

你惊奇于
草的轻歌曼舞
用呼吸香香亲吻
草跳动之时
草之下沉思的诗意
刹那萌发
你惊慌失措地拥抱了
泪花和夜色

我警醒
每一个过客
别靠近冰
冰的热足以让你感动
我警示
每一个游客
别留恋石
石的柔足以让你融化
我警告
每一个路人

别注目草
草的静足以让你流泪

你
如果还在远方
连同你的诗远走高飞吧
如果走近了我
我借丘比特的箭
让你重新选择
我再次警报
三思
别轻易靠近我
醉不在酒乡而在泪花

缘分天注定

我无心
借你的长度雕刻自己
每一条河流
沿自己的路径静静流淌
尼罗河的历史
凡人如何一语道破？

我无意
借你的高度抬高自己
每一个山峰
朝自己的空间悠悠巍峨
卡瓦格博的美景
世人如何一眼戳穿？

我无暇
借你的宽度拓展自己
每一首诗篇
尽自己的酒窖慢慢释放
萨玛格的故事
男人如何一闻迷睡？

每一朵花
开放在各自庭院
赏花识清香的人
姗姗来迟
萨玛格的芳香
也不减一丝一毫
萨玛格的春夏秋冬
自有他人沉醉

旅行中失去了自我

当我踏上德黑兰机场
我遗忘了
情人的微笑
置身于波斯历史的
滚滚洪流中
偷窥了波斯男人
海一样的眼睛和谜一样的心

当我坐在巴登巴登
我遗忘了
妈妈的味道
置身于卡拉卡拉浴场的
罗马文明中
啜饮了音乐盛典里的
月一样的宁静和光一样的炫

当我穿过格兰纳达
我遗忘了
现代的节奏
置身于中世纪文明的
精彩纷呈中

解读了宗教纷争

剪不断的愁绪和多元文化争宠的格局

当我环游黄石公园

我遗忘了

我的存在

置身于大自然神斧的

无边无际中

领悟了个体灵魂

飘渺茫然的短暂与精神力量的无穷魅力

回归后

品着妈妈的味道

在情人的微笑中

用现代的节奏

去实现我的存在的价值

塞翁失马　焉知非福?

什么是最

爱得死去活来时
死心塌地地认为
这个人　这个事　这个物
是今生最爱
如果有时间
时间会告诉你
没有最爱
还有更爱

恨得咬牙切齿时
义无反顾地认为
这个痛　这个伤　这个泪
是今生最恨
如果有变化
变化会告诉你
没有最恨
只有不恨

好得热泪盈眶时
一厢情愿地认为
这个情　这个吻　这个笑
是今生最好

如果有明天
明天会告诉你
没有最好
还有更好

坏得痛不欲生时
一意孤行地认为
这个雨　这个梦　这个苦
是今生最坏
如果有阳光
阳光会告诉你
没有最坏
只有不坏

当我们认为最爱时
我们不自觉地禁锢了时间
把自己关进了鸟笼
忘记时间会带你
感受更爱的境界
当我们认为最恨时
我们不小心地限制了变化
把自己扔进了冰川
忘记变化会让你
遗弃最恨的感受

当我们认为最好时

我们本能地束缚了明天
把自己放进了终点
忘记明天会给你
拥抱更好的世界
当我们认为最坏时
我们自然地排斥了阳光
把自己藏进了黑洞
忘记阳光会把你
清扫最坏的过去

最爱与最恨
是一张可以书写的纸
爱的大写里哪容得下恨
恨只要小写　小写　再小写
慢慢衬托了爱的大
最好与最坏
是一本可以翻阅的书
好的用心去读后
心里变更好
坏的细心去品后
心里哪有坏

一惊一醒
世上哪有什么最？
只有更爱　更好
和不恨　不坏

第三辑 | 爱的回忆

夜的雨

《夜曲》轻轻吟诵

星星已道晚安

想你的心

倒回相拥的时光

那时光

十指相扣

你的抱

绕过我长发飘逸的眼睛

雷声阵阵轰鸣

雏鹰已归鸟巢

想你的吻

梦回相恋的时光

那时光

两情相悦

你的吻

滑过我光洁如玉的身体

灯光隐隐闪烁

万物已入梦乡

想你的夜

牵回相汇的时光

那时光

情缠意绵

你的心

敲过我四海纵横的灵魂

雨停了

夜深了

我的情人

你在哪里?

你在他乡

可有甜心的人儿陪伴

我闭上眼

品味回忆

回忆里有潘多拉魔盒

那盒子里

有爱我的情人

撑着我的小伞

等待我的拥抱

你的世界离我远去

也许
一个女人的无限爱
成全了你的随心所欲
你把梦想
装饰成梵·高的《向日葵》
我怕错过
陪伴天才的最后一列火车
把自己的孤独雪藏
用星星般的温暖
点亮最后的晚餐

也许
一个女人的无悔笑
拔高了你的梦中阁楼
你把现实
描绘成贝多芬的《命运交响曲》
我怕错过
陪伴勇者的最后一级台阶
把自己的悲伤封存
用阳光般的灿烂
照亮最后的夜晚

也许

一个女人的无怨想

填补了你的王者之心

你把爱情

点缀成柳永的《蝶恋花》

我怕错过

陪伴知己的最后一次回眸

把自己的纠结淡化

用雨露般的慈悲

明亮最后的光辉

也许

一个女人的无期等

温润了你的荒山野岭

你把未来

度量成宇宙中的微积分

我怕错过

陪伴朋友的最后一趟旅程

把自己的挣扎吞咽

用春蚕般的余热

闪亮最后的蜡烛

也许

你的梦想里

不曾有过绿叶

我不过是偶遇的一片雪花

也许
你的现实里
不曾有过伴奏
我不过是偶然的一个低音

也许
你的爱情里
不曾有过暗香
我不过是偶尔的一次过客

也许
你的未来里
不曾有过牵挂
我不过是偶发的一支春梅

也许
如果只有也许
传奇的天才
英俊的勇者
浪漫的情人
胜利的王者
也只是你的世界

我爱在
我的梦想里

不计较曾经的得与失
我笑在
我的现实里
不测量曾经的冷与热
我想在
我的爱情里
不探究曾经的真与假
我等在
我的未来里
不考量曾经的苦与甜

走吧
带走你的世界
也许
没有也许

爱来自天堂

（送给天堂里的奶奶）

如果可以轮回

四方街的金银店里

一个可爱标致的美人

如茉莉花

回眸一笑：心儿，心儿，快停下

我的爷爷

您至爱的心儿

已飞奔向您

请您悄悄点开酒窝

让心儿轻轻靠近您

暖暖您的岁月吧

如果可以复活

小木屋的核桃树下

一个高挑佝偻的雕塑

如木棉树

轻声呼唤：宝儿，宝儿，快回来

我的爸爸

您孝顺的宝儿

正飞奔向您

请您悄悄点开银河

让宝儿默默拉着您

陪陪您的岁月吧

如果可以重生

拉市海的夕阳西下

一个模糊消瘦的影子

如包谷秆

摇摇晃晃：花儿，花儿，快过来

我

您乖巧的孙囡

早飞奔向您

请您悄悄点开梦境

让花儿紧紧搂着您

亲亲您的岁月吧

亲爱的奶奶

天堂里孤独吗？

我的妈妈

您的女儿可曾找到您？

您给予我的爱

我一直在播种

希望有一天

我能用最短的旅程

找到天堂里的您和我的妈妈

我的奶奶

我用泪珠串成麦穗

您

吃饱了，等着我

好吗？

宴　席

（送给我的妈妈和我的婆婆）

猝不及防的宴席
拥抱的温暖
来不及坐下细细品味
我的妈妈
呢喃着吞下"救救我"
化成颗粒改变了存在的方式

那场宴席
我的妈妈一手操办了
香甜的乳汁
回甘的南瓜洋芋汤
咸味的笑容勤奋拼盘
外加忍耐力超强的甜点
当您的儿女们奉上
世上最美的回馈时
我的妈妈
儿女们就不得不消化
"救救我"这一盘凉片
您已撇下我们
孤独在宴席中继续

再次见到我的妈妈

一样的瘦弱中透出善良

一样的目光中闪动慈祥

一样的话语中吐露挣扎

我在盛宴中

一样感受到拥抱的无助

一样体会到泪水的柔弱

一样领悟到博爱的宽广

我找不到生命的枷锁

但我看到

上帝用天堂里的光

照耀着妈妈

亲爱的妈妈

女儿用微笑陪伴您

在宴席的最后时光

女儿用爱的名义乞求上帝

别着急!

用我生命的一兆

换取我妈妈充足的时间

请耐心等待最后的晚餐!

笑容里的悲伤

当一个人的牵挂
长长地被冷落
在长长的夜里
那份本以为
天长地久的温暖
带着笑容
忍住夺眶欲出的露珠
为你明天的美丽
留下一个长长的笑

当一个人的思念
宽宽地被揉碎
在宽宽的路上
我宽宽藏起
那份本以为
生死相伴的温情
止住撕心裂肺的波涛
为你明天的精彩
留下一个宽宽的笑

当一个人的心动

高高地被遗忘

在高高的窗前

我高高埋起

那份本以为

刻骨铭心的温柔

扼住于无声处的惊雷

为你明天的爱情

留下一个高高的笑

如果是正方体

为何面面俱到

却没有一个笑

存在的位置

我被挡在正方体的外围

那里冬天的寒风

阵阵袭来

忍住悲伤

只为暖暖的春天留给你

附带上我的笑容

如果是长方体

为何一一对应

却没有一个笑

覆盖的面积

我被隔在长方体的外圈

那里秋天的落叶

纷纷飘来

忍住眼泪

只为绚丽的夏季留给你

附带上我的笑容

我的季节里

我独享

灰的地

长的夜

空的心

你的季节里

我留下

彩的天

暖的昼

欢的心

如果上帝可以明鉴

它也无法掂量

我对你的情深义重！

我　选择了沉默

那一天
你彩虹般
紧抱着我的纤纤细腰
火辣辣地耳语
我爱你　天使
这一天
你深情般
十指相扣牵着她的小手
视若无睹从我身边走过
那冷怎一个心寒
我
选择了沉默

那一天
你魔术般
变出天意注定的红领巾
含情脉脉承诺
我爱你　永远
这一天
你绅士般
山盟海誓戴上她的钻戒
冰天雪地从我心上划过

那夜怎一个漫长
我
选择了沉默

那一天
你细叶般
抚摸着我润滑如腻的肌肤
呢喃私语夜话
我爱你　宝贝
这一天
花好月圆掀开她的头盖
数九寒天从我梦里飞过
那心怎一个悲伤
我
选择了沉默

我选择沉默
不是因为你的无情
而是因为我的眼泪
溢满如尼罗河
我选择沉默
不是因为你的选择
而是因为我的选择
我的选择
告诉我
一旦选择　别无选择！

我是一个人吗

你走在我旁边
寒风
一阵一阵
呼啸而来
你竖起衣领
却忘了
给身边打冷噤
的我
一个温暖的拥抱

你搂我在怀里
悲伤
一串一串
夺眶而出
你吻我双唇
却忘了
给怀里受委屈
的我
一句温情的安慰

你躺在我身边

叹息
一声一声
结伴而行
你闭上眼睛
却忘了
给心里放不下
的我
一次温存的抚摸

时间
不知不觉流逝
爱的誓言
如竹篮打水
在时间的碎片里
我沉浸在想象中的爱情
让自己的内心
装上翅膀
飞离凡夫俗世
启程到一个
寒风里有温暖的拥抱
悲伤时有温情的安慰
叹息后有温存的抚摸
的世界
在那里
我终于发现
原来我不是一个人

我的爱　我的心
一直陪在我身边！

别在我面前说爱

别在我面前说爱
你有能力施展爱的内涵和外延
尽情去展示吧
我在爱的面前
天性胆怯懦弱
怕不小心说爱
被爱嘲笑无能和无知

爱一个人前
我带着期许去爱
也幻想他如同我一般
为爱痴狂
这怎么能叫爱呢?
这分明是强盗
去爱时
已经凌驾于对方之上
一种爱的平衡方程式
我羞愧难当
别在我面前说爱

爱一件事之前

我带着期望去爱

也梦想它如同我一般

水到渠成

这怎么能叫爱呢？

这分明是虚伪

去爱时

已经预见事情

一种爱的成功必等式

我无地自容

别在我面前说爱

爱的无能

验证了我的天地之小

我自身能给予的局限

说明我无权去索取

你给予机会让我去爱

连空中飞行的小鸟

都驻足鸣叫

我又怎能不由衷感谢呢！

别在我面前说爱

爱的无知

应验了我的阅历之窄

我即便翻越千山万水

在宇宙长河中

又能证明什么？

大雁飞过曾留下足迹
阳光照过曾留下光影
我呢？
别在我面前说爱

我过于渺小
无能和无知让我汗颜
我想说爱
但我知道
说不如沉默
别在我面前说爱

妈妈　还记得吗

大姐远远地
从第一道路口向我走来
我恍惚
看见了熟悉的影子
妈妈　还记得吗?
您用乳汁喂养女儿
露出知足的微笑时
您把人间的饥寒困苦
抛到了我看不到的角落
您用双脚踏浪
击打出一首首
催人泪下的战歌
一直撩拨着女儿的心

二姐笑笑地
从第一株柳树向我欢唱
我迷糊
听见了熟悉的声音
妈妈　还记得吗?
您用歌声回忆童年
露出甜美的微笑时

您把世俗的万千烦恼
扔到了我听不到的地方
您用双手缝补
哼唱出一首首
鸟语花香的欢歌
一直缭绕着女儿的心

妹妹妙妙地
从第一块蛋糕向我展示
我晕乎
闻见了熟悉的味道
妈妈　还记得吗?
您用汗水浇灌花草
露出欣慰的微笑时
您把自身的病痛疾苦
放到了我闻不到的边缘
您用双眼照耀
彩绘出一首首
清风细雨的圣歌
一直温润着女儿的心

弟弟高高地
从第一次花开向我邀约
我隐约
梦见了熟悉的牵手
妈妈　还记得吗?

您用心灵安抚神灵
露出静谧的微笑时
您把一生的磕磕碰碰
藏到我梦不到的世界
您用双唇吹箫
吟诵出一首首
耐人寻味的赞歌
一直缠绕着女儿的心

妈妈　还记得吗？
女儿
用您的影子
陪伴月光下的爸爸
用您的声音
嬉笑时光里的姐妹
用您的味道
记录回忆时的忧伤
用您的牵手
翻越黑暗中的懦弱
妈妈　还记得吗？

爸爸家的沙发

爸爸午睡了
小区里除了小鸟的欢叫
偶尔夹杂着公鸡的打鸣
乌云送走了雨
阳光又驱散了乌云
我盯着茶水
呆了一会
思量
如果我的生活没有亲情
会是怎样呆板?

妈妈已远去
家里除了流动的空气
偶尔混杂着忧伤的回忆
夏雨送走了春
秋风又吹凉了炎热
我靠着护垫
傻了一会
猜想
如果我的生活没有爱情
会是怎样乏味?

过去已流逝

心里除了真实的感动

偶尔掺杂着莫名的激情

岁月送走了他

缘分又改变了挚爱

我想着自己

愣了一会

琢磨

如果我的生活没有了你

会是怎样羁绊?

窗外

出奇的安静

除了对面阳台的花草

在轻轻摇曳

我靠在妈妈喜欢的沙发上

任凭自己

呆了一会

听到爸爸香甜的鼾声

幸福就在身边

傻了一会

想起妈妈爽朗的笑声

幸福就在回忆

愣了一会

想起你快乐的提携

幸福还在招手

爸爸妈妈的爱

如沙发柔软可依靠

你的爱

如沙发包容有弹性

生活中有爱

唯有诗情绝配

萨玛格的天空

鸟飞过

风吹过

雪飘过

花吻过

马惊过

鱼游过

……

唯有你

让萨玛格的天空

鹰与诗同行！

今晚的月亮好美

月亮
静静挂在
宁静的夜空西角
任城市的夜晚
灯光如何闪烁
月亮　没有眨眼睛
它怕惊醒夜空中沉睡的星星

我
静静走在
安静的校园北门
任都市的欲望
激情如何点燃
我　没有动心
我怕惊吓校园里入睡的花草

这么静的夜
月儿的美
让我平添一份思念
思念一种萍水相逢的宠爱
这宠爱随月儿的美

渐行渐远
我瞅着月亮
静静地
回到了童年
奶奶慈祥的笑和爱
让今晚的月亮更美!

我的女孩　走过来

在你喜笑颜开时
他们被你的笑容深深迷住
想借你的青春华盖
炫耀自己的不凡
独有我
怜惜你笑容下的忧伤
那忧伤
凝望着故乡
一排排梨树的花开花谢
和奶奶远去的高挑背影
他们永远不知晓
你深藏于忧伤的心结
唯有我愿意用怜惜
定格故乡梨花的美丽绽放
及你奶奶慈祥的笑容
化解你忧伤的那一缕缕青烟

在你行走天涯时
他们被你的远方深深迷醉
想用你的特立独行
彰显自己的魅力

独有我

宠惜你远方的孤独

那孤独

守望着故土

一条条河流的来去

和妈妈过去的欢声笑语

他们永远不想懂

你埋藏孤独的心结

唯有我愿意用宠惜

重建故土河流的波光粼粼

及你妈妈温暖的拥抱

驱散你孤独的那一团团乌云

在你柔情似水时

他们被你的诗意深深迷恋

想吻你的滑腻肌肤

成就自己的伟岸

独有我

珍惜你诗意里的寂寞

那寂寞

眺望着故地

一朵朵浪花潮涨潮落

和情人曾经的海誓山盟

他们永远不在意

你躲藏于寂寞的心结

唯有我愿意用珍惜

掀翻故地浪花的惊涛骇浪
及你情人甜蜜的亲吻
风干你寂寞的那一行行泪花

我的女孩　走过来
借我的不凡
你可以在笑容下忘掉忧伤
美美享受你的青春华盖
用我的魅力
你可以在远方中摆脱孤独
好好啜饮你的特立独行
吻我的伟岸
你可以在诗意里挥洒寂寞
慢慢回味你的滑腻肌肤

我的女孩　走过来
我虽然不曾说过爱你
但没有你
我不明白活着还有何意义
我的女孩
请你走过来

我没有眼泪

拉市海的第一场雪

还在酝酿

北风却自恋地裹带着萧瑟

钻进我们单薄的身躯

说走就走

一辆马车载着懵懂的我

挥别永远回不去的童年

奶奶躲在熟悉的老核桃树侧面

无可奈何

目送儿孙们远去

我没有眼泪

只见老核桃树前方的田野

不知谁洒落了泪花?

南盘江的第一次潮

还在等待

寒风却自然地挟持着小雪

拍打我们瘦弱的脸颊

说去就去

一封电报躲着天真的我

诀别永世吻不到的记忆

奶奶躲进熟悉的夜幕星空里
生死茫茫
月送阴阳两重天
我没有眼泪
只见夜幕星空下面的花草
不知谁挂满了泪珠

端午节的第一枚粽
还在旅途
狂风却自私地席卷着落叶
说别就别
一个电话催着空白的我
静别永久看不见的眼神
妈妈躲入熟悉的冥冥寰宇中
万念俱灰
夜送黄昏雁飞去
我没有眼泪
只见冥冥寰宇四周的湖水
不知谁摇醒了泪神

我天生傻得出奇
挥别拉市海时
看见至爱的奶奶身影
越来越小
我没有眼泪
我天性呆得木讷

听见思念的奶奶话语

越来越重

我没有眼泪

我天然憨得安静

看见熟悉的妈妈脸色

越来越白

我没有眼泪

我坐在客厅里

想起往事如烟

我还是没有眼泪

约　定

北方的天空

有雾有霾

也有轻风和晨曦

南方的花园

有山有水

也有花香和晨露

你的心一如花园

送来徐徐的芳香

我的心直指天空

欲乘轻风而飞翔

北方的问候犹如暖阳

恰逢寒冷而至

稳重而持续

南方的嘱咐好像孩子

偶遇心情而定

变化而多姿

你的眼从北方远眺孩子

永恒中隐藏变数

我的眼从南方仰望暖阳

变化中透露永恒

冬季的香山红叶

企盼白雪素裹的景致

立秋赏红叶的人们

不也翘首以待雪花中香山的美景吗？

冬日的滇池海鸥

享受天空洒满的暖阳

秋至观落日的人们

不也憧憬云朵下滇池的别致吗？

你在香山

历数冬季里风雪的严寒

诧异生命中突降的惊喜

我在滇池

羡煞冬风里寒冷的落叶

坐享人生中偶遇的宠爱

你在北方

挥洒你的年华

一天天地流逝

年华里沉淀下来的光彩

唯有萨玛格可解读

你的心里怎会有冬季呢？

我在南方

释放我的美丽

一天天地流连

流连里喷发出来的才情

唯有石月亮可媲美

我的心里如何有冬雪呢？

你在北方
想冬季的温暖
我在南方
念冬雪的感动
滇池的海鸥成了你的目标
香山的红叶做了我的书签
人生无常
没有人能扼住生命的喉咙
但上帝厚爱
在有限的岁月年华
让你拥有掌控自己步伐的链条
把有限的花样青春
让我享受凌驾自己内心的钥匙
而且上帝宠幸
让我在南方的天空
触摸到你在北方的世界

我幸因我得
我失因我幸
我在南方
想北方的大雪纷飞
想　是我给予北方的你
最好的约定

打开我心爱的书
香山的红叶跃然纸上

美 好

我喜欢
第一次见你时
眼睛里
风铃在轻轻摇曳
月光在慢慢倾泻
家乡的茶花芬芳四溢
我的心里
纳西三朵的重重呵护
丽江古乐的声声缭绕
与你的眼交相辉映

我喜欢
第一次抱你时
双臂里
云雀在悠悠欢叫
白鹭在静静点水
门前的小溪暗香涌动
我的心里
奶奶的叮咛高高唤起
爷爷的呼唤远远传来
与你的臂相得益彰

我喜欢

第一次吻你时

嘴唇里

诗篇在喃喃吟诵

泪花在美美流浪

窗外的世界流光溢彩

我的心里

游牧民族的步步脚印

溯源文化的字字密码

与你的唇水乳交融

我喜欢

第一次之后的每一次

春天里有夏天的柳絮飞扬

夏天里有秋天的枫叶飞舞

秋天里有冬天的雪花飞吻

冬天里有春天的彩云飞跃

在每一次里

四季的美丽从心上划过

眼里是一片广阔无垠的世界

我喜欢第一次

第一次为每一次打开了缺口

决堤之后

世界会因之美好而喝彩

你会为之美好而陶醉称颂

萨玛格的美好

始于第一次

第一次之后的每一次

值得你的期待和珠璧相辉

第四辑

爱的诠释

深夜拥抱你的声音

我爱过

无拘无束

也享受

爱与吻

痛与泪

用赤裸和真实

温柔和激情

燃烧自己

也俘获了情人

你爱过

循规蹈矩

也无憾

情与理

得与失

用成熟和道德

风度和亲情

保护自己

也顾全了亲人

我带着异国的火

慢慢点燃你

心中那份渴望

你在不变的秋天

默默温暖我

心中那份孤独

我在深夜笑　笑　笑

你在星空怕　怕　怕

我用萨玛格的诗词

爱得漫无边际

你用怒江的波涛

爱得有声有色

你未曾拥抱过我的肉体

却用宠爱

拥抱深夜里我的声音

我未曾拥抱过你的过往

但会给予

亲吻深夜里你的话语

我这样一个女人

感性地

接受上帝的恩宠

赐予我

一个在三十九级台阶

伸出手拉我的男人

你这样一个男人

理性地
感受生活的异样
触动你
一个在九十三米海底
探出头看你的女人

我抛弃山盟海誓
只为生命更加精彩
你拥有指点江山
可为人生更加丰富
我走近你
愿意
深夜拥抱你的声音
你靠近我
可否愿意
深夜拥抱我的灵魂?

你知道我想要的爱情吗

有的女孩
执迷于白马王子
想要男孩陪她在花前月下
才感幸福快乐
而我
只相信一见钟情
想要男人陪我忧伤到心碎
才感痛快淋漓

有的女孩
崇尚于豪华婚宴
想要男孩发布出山盟海誓
才感欢欣鼓舞
而我
只相信夜深人静
想要男人陪我听歌到天明
才感酣畅淋漓

有的女孩
被情人节的玫瑰花儿打动
相信爱情的美丽在于得到

而我
只会被你深邃的目光和
无边无际的思想打动
相信爱情的美妙在于给予

有的女孩
因信用卡里的透支额度而激动
金钱与安全感同居
而我
因你字里行间透的温情而心动
自由与存在感并行

有的女孩
想要穿梭在巴黎　伦敦　纽约
东京　莫斯科　上海
灯红酒绿中
炫耀别出心裁的风光
而我
想要漫步于树林　小溪　雪山
沙漠　荒丘陵　平原
诗情画意中
享受漫不经心的风景

有的女孩
她们想要的标注了价码
男孩们前仆后继去奋斗

女孩征服男孩得到她的世界
男孩征服他的世界得到女孩
在名利中
他和她相遇
而我
想要的在我心无价可标
男人们轻言细语来点拨
爱我的男人
轻轻捧起我的诗篇
自此
不能自拔
在灵魂里我们热吻

我知道
我的爱情主宰于我的肉体
活着
爱情不曾离开过我
你呢?
你知道　愿意知道
我想要的爱情吗?

爱情的独白

不管开始
还是结束
爱就是爱

你的泪落进我的心

数着星星

奶奶佝偻的身影

和小溪一样的笑容

一闪一闪

茉莉花香弥漫

在拉市海的田园四周

我的心滞留

在心意匆匆的童年

怕惊扰我

回忆里的忧伤

你轻轻落下了泪

数着落叶

妈妈矫健的身手

和湖水一样的笑容

一幕一幕

缅桂花香游荡

在四方街的石木之间

我的心遗留

在情意浓浓的多年

怕惊醒我

思念里的忧伤
你默默落下了泪

数着雪花
情人潇洒的身姿
和清泉一样的笑容
一晃一晃
玫瑰花香飘洒
在泸沽湖的夜色深处
我的心停留
在爱意切切的往年
怕惊动我
爱情里的忧伤
你悄悄落下了泪

回忆里的忧伤
让我心沉沉坠入深渊
除了空气
万物皆空
而你用泪陪伴
那一刻
你的泪似星
照明了我的忧伤

思念里的忧伤
让我心重重跌入峡谷

除了生死

万事皆空

而你用泪陪伴

那一刻

你的泪似月

照耀了我的忧伤

爱情里的忧伤

让我心狠狠抛入荒漠

除了你我

万念皆空

而你用泪陪伴

那一刻

你的泪似光

照亮了我的忧伤

你的泪落下那一刻

我的忧伤慢慢消减

春去秋来

忧伤里有了你的泪

我的心不再空空

你的泪

不知不觉

已落进了我的心

我的情人　我能给予你什么

妙龄女郎
用火一样的热情
拥抱并融化了你
她们献上了常人称道的
盲目崇拜和狂风暴雨的爱
我的情人
我只能用我的话语
抚慰并触摸你的心
给予你
拥抱的渴望和欲说还休的想

庸庸碌碌的日子
妙龄女郎
用所谓的成功
打造你
成为别人眼里的风云人物
我的情人
我只能用我的真实
给予你
审视并听从你的内心
成为你心里想要的自己

随时间流逝
妙龄女郎的
容颜和热情降温
让你感叹：生活不过如此！
我的情人
我的韵味和美丽
与日俱增
给予你
在平凡的日子里
由衷感叹：生活如此美好！

妙龄女郎
似咖啡
有千种口味
但其浓郁少了品后的回忆
我的情人
我如生茶
有故事承载
让你品后用一生细细回味

我的情人
你想拥抱我吗？
是否听见你的心
轻轻呼唤
千山万水
心之所归

思念一阵一阵包围了你
也许
我
这样一个女人
错过不再来！

情人的呼唤

写在诗中
耳边响起我的情人
夜莺的歌声
心醉了
蠢蠢欲动
想靠在你胸前
听你把我感动

躺在月下
眼前闪过我的情人
雄鹰的身姿
心碎了
窃窃情话
想搂入你怀里
看你把我迷醉

想在心里
梦中来过我的情人
柔情的话语
心盈了
喃喃自语

想缠进你身体
让你把我吻睡

我的情人
是你在呼唤我吗？
夜色深深
我在无边的寂寞中
等待你的到来
孤独
因交汇而离去
明天
我们将重启生命的意义

爱的誓言

不必用伟大架在我头上
金钱仅仅是实现爱情的工具之一
怎会成为爱情的定义?
你带走彩虹和朵朵白云
我丝毫不会刮风下雨
去哀怨林中的荆棘

不能用优秀塞进我怀里
期盼仅仅是表达爱情的方式之一
怎会成为爱情的枷锁?
你带上青春和邂逅美丽
我轻易不会泉水叮咚
去哀伤海中的激流

不要用难得射到我心上
欣赏仅仅是憧憬爱情的起点之一
怎会成为爱情的永恒?
你带去未来和青青嫩草
我笃定不会随波逐流
去哀叹明天的太阳

我只是东方快车上
那个碰撞到你的乘客
火车靠站后
悄悄地拖上行李
向夕阳西下的方向
一直走到下一个出口
只留下一抹长长的背影

我身上流淌着纳西之水
母亲教会我
如何凌驾于自己的生活
男人也许会成全我的生活
但绝不是我生活的主题

在我的字典里
爱是毫无保留
是付出中的收获
是绝望中的希望
是享受爱的感受
而不是刻意的结果

你的字典里
如何定义爱
是你的权利
重叠固然美丽
分叉又何尝不是出彩呢?

只要是真实
一切就是完美的

走好
不送!

你让我触摸到爱情的另一面

遇见你之前

在爱情的小溪里

我用我的善良

吐露微笑

轻拂清风

让小溪涓涓汇入大海

遇见你之后

你用你的善良

吐艳百花

轻柔尘埃

让我这条小溪

一路欢歌

面朝东风

淙淙拥抱大海

遇见你之前

在爱情的风雨里

我用我的胸怀

疏挡沙尘

注入阳光

让风雨悄悄融化雪花

遇见你之后
你用你的胸怀
疏散雾霾
注射云朵
让我这场风雨
一路无忧
面向正方
美美拥抱雪花

遇见你之前
在爱情的得失里
我用我的包容
笑纳抱怨
倾其所有
让得失默默沉寂心里
遇见你之后
你用你的包容
笑语点拨
倾其真情
让我这回得失
一路收获
面朝前方
坦荡拥抱得失

遇见你之前
在爱情的悲欢里

我用我的快乐

埋葬悲伤

掏空绿叶

让悲欢慢慢展颜美丽

遇见你之后

你用你的快乐

埋没阴暗

掏心对接

让我这生悲欢

一路升华

面朝远方

缓缓拥抱悲欢

遇见你之前

我努力成为大女人

把快乐留给情人

悲伤留给自己

用付出衡量爱的深度

用夜夜粉饰孤独

爱的这一面

让我成长并走向一条

有泪不轻弹的心路

遇见你之后

我恢复原身为小女人

你把快乐传递给我

悲伤留给过去
得到中我品尝了爱的广阔
你用心读我的一天天
我心早已泪流满面
你的夜夜温暖我的孤独
爱的这一面
未曾预料
却引我走向一片开阔的
充满希望的原野

我在彩云之南
触摸爱情另一面的同时
以小女人的柔情
拥抱远方的你
我的情人

如果生命重新来过　我依然选择去爱

每一次一见钟情
都相信一年的
春华秋实
而绿叶的繁茂
让我遗忘了
有一天
飘落时的心碎

每一次情不自禁
都期待花期的
如约而至
而花瓣的美丽
让我迷惑了
有一天
凋谢时的伤感

爱了
义无反顾去拥抱
分了
寝食难安来拥抱

如果不曾一见钟情
又怎知心为何碎？
如果不曾情不自禁
又怎知伤如何感？
怕
必将失去最痛的感受
内心又如何丰满强大？

你
如果怕
可以选择回避
爱得伤心欲绝
痛不欲生
我也甘愿吞下
我
如果生命重新来过
依然选择去爱
我愿意
只因爱的意义
催生了一个鲜活的我

我的美丽
源于
我拥抱了爱的
绿叶和花瓣
也拥抱了爱的

心碎和伤感
如果不曾有爱
我还会是我吗?

爱与被爱

爱一个人时

学会了接受

不管是炎炎夏日

还是冷冷寒风

就着那一颗悬着的心

在长长的黄昏

等　　等　　等

被一个人爱时

才知道接受

不管春暖花开

还是秋高气爽

和着那一颗花样的心

在静静的早晨

候　　候　　候

爱一个人时

学会了陪伴你的

挫折失败

和低落失意

就着那一颗爱你的心

在深冬的严寒
笑　笑　笑

被一个人爱时
才知道陪伴我的
微风细雨
和体贴入微
和着那一颗别样的心
在早春的暖阳
哭　哭　哭

爱一个人时
学会了理解
无怨无悔
和付出即是得
就着那一颗包容的心
在四季的更替
爱　爱　爱

被一个人爱时
才知道理解
心心相印
和得到也是得
和着那一颗异样的心
在四季的重叠
想　想　想

我在花样年华

爱一个人时

是小小的我

摸索着让小小的我

看向大海

把眼泪　悲伤　徘徊

自己扛起

成全我爱的你

也成就了一个大大的我

我在似水年华

被一个人爱时

是大大的你

梦想着让小小的我

飞向天空

把欢笑　快乐　坚定

注射于我

成全你爱的我

也成就了一个大大的你

我爱的人

我轻易不放弃

大大的我的世界

凝结着我爱的深浅

爱我的人

我誓言定珍惜
小小的我的世界
沉淀着爱我的轻重

我
这样一个女人
走在一条充满爱的
漫漫长路
白昼还是黑夜
我心有所属
梦有所归
我活在爱的世界
我心永恒

哪一种才是爱

一眼

就一眼

激起情与欲的火焰

任凭狂风暴雨

火焰

依旧熊熊燃烧

粉身碎骨

在所不惜

这一种爱

迷失自己

换来爱的刻骨铭心

一句

又一句

冲淡咸与苦的海水

甘愿微风细雨

海水

重归风平浪静

心随情动

情归故里

这一种爱

找回自己
换来爱的窃窃私语

那一眼
辗转反侧
庭院里
有那一眼的花香
星光下
有那一眼的闪烁
交汇时
有那一眼的毁灭
心动时
只剩那一眼

那一句
余音缭绕
花草旁
有那一句的芬芳
教堂前
有那一句的安抚
夜深时
有那一句的温暖
心静时
只剩那一句

那一眼

我学会了

如何去爱

用物理来诠释爱的抛物线

让圣音注入爱的音符

那一句

教会了我

被爱怎样

用化学来注释爱的放射线

让泉水浇灌爱的花蕾

梦里寻他千百度

那一眼

注定灯火阑珊在何处

如果重新来过

那一眼

火焰依旧燃烧

春城无处不飞花

那一句

注定天涯芳草在何处

如果可以选择

那一句

海水依然浪静

那一眼

我的心动了

那一句

我的心静了
那一眼和那一句
哪一种才是爱？
我的心已回答！

等

雨

嘀嗒嘀嗒

混杂着萨克斯

绵长而忧伤的低诉

一个女子

倚靠在窗台旁

落寞地思念着

为她撑伞的男人

叶

窸窣窸窣

夹杂着小提琴

宛转而悠扬的倾诉

一个女子

背靠在梧桐上

孤寂地回忆着

为她插花的男人

风

呜呼呜呼

伴随着钢琴

丰富而含蓄的自诉
一个女子
卧靠在沙发里
伤感地盼望着
为她展颜的男人

这个女子
眼里没有泪
心里却装着
那个男人
似星星一般的笑容
那笑容
吹落了曾经的一颗颗泪

这个女子
嘴里没有蜜
心里却含着
那个男人似
太阳一般的温暖
那温暖
带走了曾经的一些些蜜

这个女子
梦里没有花
心里却装着
那个男人

似月亮一般的亲吻
那亲吻
飘飞了曾经的一朵朵花

这个女子
她把心收起
岁月如何无情
她熟视无睹
只愿用一生
书写
那个男人和她的故事
这个女子
在夜深人静时
用最后滚落的泪珠
慢慢耗尽
她最后的一点点才情
告诉世人：
爱是怎样一个字

你的笑来得正当时

牵手的浓度

也调成清汤

即使佐料里添加了西洋参

那点点色

也难左右白色的云

我在山下

放弃了追逐

你从山下另一头

挂着笑颜

默默靠近我

你的笑颜

来得正当时

拥抱的温度

已做成冷盘

即使沙拉里添加了番茄酱

那点点红

也难驱散灰色的雾

我在街边

放弃了选择

你从街边另一头

牵着笑语

慢慢靠近我

你的笑语

来得正当时

亲吻的热度

已冻成冷饮

即使辅料里添加了野蜂蜜

那点点甜

也难改变黑色的夜

我在月梢

放弃了热情

你从月梢的另一头

举着笑容

轻轻靠近我

你的笑容

来得正当时

天是否下雨

我无法预测

而我想要的

你的笑

来得正当时

你很美

没有人
会把家乡的山水
描绘成文艺复兴的油画
但你会
你眼睛里的光
足以把家乡的回忆点燃
而我想说的是
你也点燃了
我沉寂的冰点

没有人
会把童年的故事
描述成天方夜谭的传奇
但你会
你嘴巴里的吻
足以把童年的回忆摇醒
而我想说的是
你也摇醒了
我沉睡的花轿

没有人
会把爱情的真谛

描写成十四行诗的不朽
但你会
你内心里的爱
足以把爱情的美妙滋润
而我想说的是
你也滋润了
我沉静的火山

你来自火星
还是出自地球
为什么相遇在
我悲伤的夜里
我是天使
还是新新人类
为什么你的爱
让我嬉笑
在阳光灿烂的午后

你转过身
拥抱了我的泪
我回过头
亲吻了你的笑
等等
等等
我在天空下
等一颗自由爱我的心

第五辑　天使的早晨

阳春白雪

我没闻过

香气怡人的丁香花

你坐在庭院

那长长的石凳上

悠然读着莎士比亚诗篇

我仿佛闻到

丁香花散发的幽香

我没听过

天籁般的欢乐颂

你走在山间

那晃晃的木桥上

惬然发出银铃般的笑声

我仿佛听到

欢乐颂带来的愉悦

我没见过

美艳可人的嫦娥奔月

你倚在窗前

那潇潇的风雨中

恬然露出风花雪月的俏姿
我仿佛看见
嫦娥奔月的美丽画卷

雪花飘飞的美丽
怎如你雪白肌肤下
滑落的诗篇
高山流水的顾盼
不及你精巧轮廓下
游历的笑声
月色迷人的夜景
仰慕你冰雪聪慧下
百变的俏姿

阳春白雪
恰似
一朵含苞欲放的茉莉花
一首玉龙雪山的古老神曲
一幅春意盎然的画卷

走近你
可以静静领略四季的美丽
阳春　白雪
美与爱的化身
来吧！来吧！
在四季中慢慢绽放

你的

美与爱吧!

肩　膀

（送给病中慈祥、美丽、善良的婆婆）

夏花之美令人迷醉

青春　激情　梦想　绚丽

懵懂　轻狂　张扬　成功

如雨后彩虹一闪而过

轮回中

寻根生命之光的源头

秋叶之静令人迷离

年迈　低落　现实　暗淡

明白　恭谨　收敛　失败

如晴天霹雳一锤定音

轮动中

寻找生命之光的尽头

生与死的命题

难于登上雪山之峰卡瓦格博

所有安慰的语言

轻飘飘如鸿毛

我一意孤行

用我夏花之美

把妈妈秋叶之静轻轻覆盖

妈妈的微笑令人铭记
绝望般哭诉、哀求
我
胃空虚
脑空白
心无力
窒息中寻找一丝力量
把手心里的温暖
徐徐传递

我仰视苍穹
心中一遍遍轻问：
万能之主在哪里？
天空中悄悄传来回音：
秋叶尚未飘落
夏花依旧美丽

天使的早晨

山顶洞人
孤独地等待着人们的发现
诉说远古人类的甜与苦
天使用晨露
点亮了山顶洞人的眼睛

楔形文字
骄傲地等待着知音的解读
颠覆人类文明的真与假
天使用晨曦
点评了楔形文字的故事

埃及法老
执着地等待未来的旅行
笃信时光机的无限可能
天使用晨光
点开了埃及法老的世界

历史的本来面目
迷雾重重
没有天使的早晨

如何接近有限的真实?

远方传来宝贝的捷报
碗里盛满香甜的酥油茶
心中挂牵着
历史的梦幻
未来的魔力
现在
天使用微笑
启动了早晨的阳光
让我们拥抱
美好一天的开始吧

梦想与现实

你的梦想　在脚下
我的梦想　在手上
你的梦想　启航中触手可及
我的梦想　遥望中星星点灯

我的学生　是梦想的代名词
也是承载梦想的帆船
船上的舵手
是学生的点点蜕变

我　是梦想的见证者
也是帆船破浪的东风
舵手的成长
是我心路的漫漫旅程

在现实中描绘梦想
又在梦想中立足现实
明天　梦想会超越
今天　现实会鼓掌

我和我的学生

为每一个舵手的明天
将梦想写在脚下
太阳在微笑
天使在点头
一切在现实和梦想中转换
学生们　伸出手拥抱梦想吧

他　她

她
带着
独有的芬芳
走在光影之下
袅袅多姿

她的眼睛
顾盼流连
花草起舞
她的洁白的脸庞
似天使
嵌入他的心窝

他
带着
喧哗后的孤独
走在人群之中
心若止水
他的灵魂
四处游荡
唯有天使

能把他抚慰

他的执着　个性
似英雄
锁住她的目光

她　　他
上帝的宠儿
在爱的召唤下
美丽　快乐　永恒
他和她的青春
放飞天涯

你会爱上这个女孩吗

没有人注意
角落里坐着这样一个女孩
沉默不语
她为每个高谈阔论的人
献上一个甜甜的微笑
她一心只想要逃离
逃离喧哗和躁动
带上孤独回家
关上门
与孤独热舞一曲

没有人注视
大街上走着这样一个女孩
相貌平平
她为每个高楼大厦的人
奉上一个暖暖的微笑
她一直只想要自在
自在随心和所欲
带着真实漫步
睁开眼
与真实吹吹微风

没有人注目

现实中活着这样一个女孩

轻描淡写

她为每个高低不一的人

存上一个真真的微笑

她一生只想要关爱

关爱富有与贫穷

带着天使同行

伸出手

与天使勇闯天涯

这个女孩

星空中注定没有她的位置

这个女孩

注定烘托不出你夺目的光彩

这个女孩

她的一生

就像河里的一粒沙

　　　山里的一根草

她的名字注定

将永远默默无闻

你

会爱上这个女孩吗？

我想要的第一名

宝贝

当你微笑走上球场

专注于你的比赛时

每一分

看似偶然

舅妈眼里看到的却是

每一分汗水挥洒的必然

宝贝

当你从容跑在球场

享受于你的比赛时

每一局

看似单一

舅妈眼里看到的却是

每一局结果掺杂的汗水

宝贝

当你结束离开球场

关注于你的队友时

每一场

看似简单

舅妈眼里看到的却是
每一场比赛成长的复杂

每一场比赛
是两个孩子水平的比拼
舅妈眼里却看到
阳光　诚实　善良　自信
努力　心胸　意志　未来
在两个孩子身上的投射

每一场胜利或失败
都将是下一场的起点
下一场
会在哪里呢?
无锡　上海　还是纽约?
宝贝
舅妈给不了你未来
但一步步　一步步
你会撑起你的天空
撑起你天空的尺度
道德法则
是舅妈可以给你的

宝贝
这才是
舅妈想要的第一

一起加油!

好吗?

外面有一片更大的天空

等着你去闯呢!

妈咪 秋天是什么样

秋夜的竖琴

在原野阵阵拉响

回忆里的哀怨

一波接一波在低语

一声稚嫩的询问从天而降：

妈咪 秋天是什么样？

宝贝 秋天就是

鹿妈妈带着宝贝

在原野捉迷藏

秋雨的走秀

在城市层层奏响

故事里的伤感

一个接一个在低叹

一声甜美的询问戛然而止：

妈咪 秋天是什么样？

宝贝 秋天就是

桂花儿带着香气

在城市跳桑巴

秋风的镰刀

在森林纷纷吹响

爱情里的失落

一次接一次在低泣

一声欢快的询问扑面而来：

妈咪　秋天是什么样？

宝贝　秋天就是

金喇叭带着孩子

在森林找小鸟

秋天是什么样？

一声声询问

犹如一首首希望之歌

把心中所有的痛与泪

掩埋

秋天就是秋天

它不理会人们的评说

秋夜　秋雨　秋风

……

构成秋天亮丽的风景

秋天什么样？

秋天就这样！

教师节中听雨的故事

没有教师节

教师是教师

是蜡烛　是灵魂工程师

还是臭老九？

就像窗外这场雨

是好是坏

任由他人评说

有了教师节

教师莫非升级了？

雨告诉我：

万物需要雨滋润

但万物生长还要靠太阳！

没有教师节

教师是选择

是职业　是选择的结果

还是不得已？

就像窗外这场雨

是大是小

任由他人评说

有了教师节

教师莫非成热门了?
雨告诉我:
万事需要雨渗透
但万事发展还要靠自然!

没有教师节
教师是希望
是重视　是立国之根本
还是纸老虎?
就像窗外这场雨
是早是晚
任由他人评说
有了教师节
教师莫非变种了?
雨告诉我们:
万业需要雨调节
但万业发达还要靠人和!

学习是人类进步的阶梯
教育是学习的帆船
帆船上的舵手就是教师
雨中我们欣赏
滴答滴答的美妙声音
这不正是
教师
在历史的演变中

滴答滴答地弹奏着
沁人心脾的乐章
你听！你静静地听！
滴答　滴答！
滴答　滴答！
滴答　滴答！

奇妙的旅程

少女时

憧憬有一天

那个从城堡里

走出来的他

成全自己成为美丽新娘

走进城堡后

才发现

成就他

成为萨玛格王子时

灰姑娘的美丽

早已绽放如花

成长时

梦想有一天

那个从天国里

挥挥手的他

指引自己成为参天大树

走进天国后

才发现

欣赏他

成为盖世英雄时

画眉草的春天
一样灿烂如花

追求时
幻想有一天
那个从神话里
讲故事的他
满足自己成为幸福女人
走进神话后
才发现
塑造他
成为不朽传奇时
萨玛格的人生
注定丰韵如花

这趟旅程
只有起点
没有终点
沿途的风光
总在得到后失去
失去后又得到
纷纷扰扰的
人　物　梦
匆匆　太匆匆
唯有一个人
用灵魂

陪我体验其中之奇妙

我

还有何奢求呢?

别惊扰诗人的梦

早起的鸟儿们

我正在梦呓

田野里的蛙声

咕咕咕咕

为我开起了 party

你们却

布谷布谷

让我起来　起来　起来

忙碌的羊儿们

我正在梦游

森林里的风声

沙沙沙沙

为我奏响了 music

你们却

妹妹妹妹

让我敲钟　敲钟　敲钟

匆匆的蟋蟀们

我正在梦幻

月光下的蝉声

吱吱吱吱

为我跳起了 disco

你们却

唧唧唧唧

让我反省　反省　反省

让我一个人

静静地

做一个诗人的梦

这梦

如玻璃般易碎

如花儿般易谢

但别惊扰我

我会在于无声处

用泉水叮咚

送上一世的清静

让你歇下来时

身心甜润

并美美地做一个

诗人的梦

十五的等待

见或不见
月儿都挂在树梢上
它
顾影自怜
鸟儿安静地睡了
梦见了月儿画的饼

想或不想
心儿都挂在悬崖上
它
孤芳自赏
星儿勇敢地游了
窥见了水中映的饼

在或不在
梦儿都挂在鹊桥上
它
顾盼生姿
草儿冷漠地笑了
瞥见了镜中照的饼

十五的月亮

圆或不圆

月亮还是那个月亮

十六圆还是十七圆

月亮仍是那个月亮

心圆了

月亮就有圆的那天

心若缺了

月还会圆吗?

我

孤枕难眠

用心等待

待月儿圆时

我再抱着饼儿入眠!

我爱上了你的声音

你的声音

似昭君出塞

怀抱琵琶傲立塞北

大漠孤烟升起一轮红日

其厚度媲美"和"的政治意义

你的声音

似貂蝉拜月

起舞勾魂胸立大志

鹤立鸡群成就一番伟业

其质感甚于"美"的历史价值

你的声音

似贵妃醉酒

轻抚花草难立春秋

人在江湖书写一曲哀怨

其画面犹如"恨"的哲学命题

你的声音

似西施浣纱

舍己救国屹立千古

世人效仿为求一眸百媚
其立体等同"忍"的自然法则

你的声音
伴随入秋的丁零零
而声声入耳
秋雨的无情
因你的声音而陡添活泼
秋风的肆意
因你的声音而凸显天真
你在长长的秋天里
可否将你的声音
挂在苍翠欲滴的树梢
让人们垂涎三尺
伸手可摘?

未见其人先闻其声
我爱上了你的声音
说的比唱的好听!

我是一粒尘土

我知道
孤独的人不只有我
人们孤独
为什么没有心中的他时
我却迷失了自己
想成为更强的我
为什么有了疑惑?

我知道
迷茫的人不只是我
人们迷茫
为什么房价居高不下时
我却怀疑起自己
想成为更好的我
为什么有了疲惫?

我知道
矛盾的不只是我
人们矛盾
为什么爱情琢磨不透时
我却鄙视了自己

想成为更美的我
为什么有了贪婪?

我知道
恐惧的不只是我
人们恐惧
为什么时间匆匆流逝时
我却叩问起自己
想成为更大的我
为什么有了眼泪?

想成为更强的我
即便走在一条
荒无人烟的沙漠
也要抖落发梢上的风沙
默念经文
用虔诚向心中的孤独辞别

想成为更好的我
即便看见一条
汹涌澎湃的激流
也要擦干脸颊上的泪珠
唱响大地
用坚强向心中的迷茫分别

想成为更美的我

即便回望一条

疑虑重重的山谷

也要忘记声音里的呻吟

亲吻风雨

用包容向心中的矛盾永别

想成为更大的我

即便坚持一条

独孤求败的心路

也要挤对胸腔里的怨言

旋舞诗文

用梦想向心中的恐惧诀别

我知道

来的时候

我们都赤条条无差别

走的时候

我们也都赤条条化为尘土

这一粒尘土

在玉碎和瓦全的两片上空

是否扬起一首歌　一幅图　一首诗

我们选择大不相同

我庆幸身边的你

一直读我

称颂我为美丽的诗人

你是否知道

那是我

一粒土想卷起的一世浪漫

为了这一世浪漫

我孤独　迷茫　矛盾　恐惧

也毫不畏惧

因为我知道

我终究是一粒尘土

校园里有一棵树

美丽的校园如美丽的花园
风儿卷带着活泼的青春
缅桂花飞吻着片片枫叶
校园里有一棵树
从早到晚
就这么静静地看
也就这么静静地吻
时光哗啦哗啦地流走
它浑然不觉
陶醉于美丽的校园而优哉

美丽的校园如美丽的童话
知识传递着放飞的梦想
书香儿吸吮着丝丝青发
校园里有一棵树
从春到冬
就这么静静地想
也就这么静静地听
光阴叮咚叮咚地敲走
它毫无知觉
沉迷于美丽的校园而乐哉

美丽的校园如美丽的爱情

初吻改写着不老的传说

小鸟儿欢唱着夜夜深情

校园里有一棵树

从小到大

就这么静静地等

也就这么静静地开

时钟滴答滴答地转走

它不知不觉

憧憬于美丽的校园而喜哉

美丽的校园

阳光洒满青砖红瓦

光影叠加绿叶黄花

似水年华

见缝插针铺满美丽的校园

美丽的校园

月光影绰黑夜星空

回忆摇曳春夏秋冬

似梦光景

无声无息吞噬美丽的校园

美丽的校园

有一棵树

静静地送走了似水年华

又静静地迎来年华似水

美丽的校园

有一棵树

静静地吻别似梦光景

又静静地热拥光景似梦

美丽的校园

有一棵树

第六辑　伊朗之行

一个人的美味

一个人
走向不可预知的前方
享受着沉默的权利
前方
神秘的国度、自然、文化
及含情脉脉的秋波
借着丘比特的箭
射中了我的心
我的心啊！
早已飞离我脚下的土地
用想象去触摸那里的尘土

一个人
带上一本不离不弃的书
享受一场唯美的灵魂爱情
这本书
启迪我驾驭天上的云
及心中放飞的梦
借着我心孤寂之时
偷偷地俘获了我的爱
我的爱啊！

早已从冬天封冻的雪山融化
用泉水去冲洗旅途的灰尘

一个人
来自丽江的一个纳西小女人
享受着无边无际的空间
和简单直白的旅行模式
这模式
借着生命颗粒的粉末
敲打我时光匆匆的忧伤
这忧伤
在一个人的旅程
可以尽情品味

一个人
多美妙！
一个纳西女人
多奇妙！
一次次异国旅程
多奥妙！
一个女人的一次次旅程
是一场场绝妙的盛宴！

旅伴在这里

(写于伊朗卡尚)

带着微笑

随风

在异国他乡

你　我　他牵手

你们给予我

火的激情和水的柔性

及各自特有的芳香

让我碰撞历史时

多了几重思考的维度

我的舌头打结时

让历史静静流淌

在每一颗朝圣的心中

品阿彼雅尼乡村茶

故乡茶的甘醇

及茶文化的浓浓牵挂

一同回味

你的赞美

他的豁达

及我们自由的心

在古城卡尚一起紧紧拥抱

我的头巾掩面时

让文化慢慢洗礼

在每一步踏足的梦中

不起眼的波斯式花园

未见大写的感叹

但因你们

欢愉的心情

一双双发现美的眼睛

及你们的光彩夺目

花园有了不一样的雅致

我的眼睛顾盼时

让美丽悄悄笼罩

在每一个放飞的情中

我的旅伴

因你们

波斯文明多了魅力

走　我们一起走

用笑声驱散

时光匆匆的忧伤

天空的辽阔

历史的沉淀

文化的多样

……

值得我们享受

也值得我们放下

例　外

（伊斯法罕酒店听着外面祷告的声音）

太阳升起

晨风　花草　百灵鸟

抖落睡意

睁开慵懒的眼睛

开始一天单调的忙碌

你伏在电脑旁

撇下梦里的亲吻

我行走在异乡

吟诵不老的传奇

我的情人

可否停下你的敲打

把香吻从云之上捎来

生活已经枯燥

爱情应该是个例外

眼泪　矛盾　谎言

披上面纱

露出迷人的眼睛

开始一回欲望的追逐

你醉在甜言里

抛下心里的飞翔
我书写在诗外
歌颂不变的追求
我的朋友
可否停止你的调情
把梦想从云中拉回
爱情已经乏味
生活应该是个例外

漂亮　可爱　天真
千篇一律
每个女孩都羞答答
等待玫瑰花的殷勤
一样的深情
带走了一样的笑颜
我的情人
我的话语
总在你预料之外
人生已经无望
我应该是个例外

盲从　庸碌　无趣
毫无生机
你　他　她
随波逐流中迷失了方向
内心真实的欲望沉睡冰山一角

我的朋友
我的快乐
超乎你的想象
人生已经匆匆
我应该是个例外

我的情人
你迷上我的例外了吗?
我的朋友
你追上我的例外了吗?
我就是个例外
你呢?

别轻易崇拜我

（写于亚兹德）

雄鹰飞向辽阔的天空
想要探索未知的宇宙
井底之蛙感叹
雄鹰
歇下翅膀
你已经是我心中的英雄
雄鹰一意孤行
它飞向一个难以攀越的高峰
崇拜如果降了高度
将变得毫无意义

海豚游向无际的大海
水中鸭子挽留
海豚
停下呼吸
你已经是我心中的偶像
海豚勇往直前
它游向一个无人能及的海底
崇拜如果少了深度
将变得毫无生机

狮子跑向茂密的森林

林中小草吆喝

狮子

慢下脚步

你已经是我心中的大王

狮子充耳不闻

它跑向一个密不通风的山谷

崇拜如果减了速度

将变得毫无动力

百灵鸟唱向神秘的大地

山中小溪羡慕

百灵鸟

闭下小嘴

你已经是我心中的冠军

百灵鸟坚持不懈

崇拜如果没了厚度

将变得毫无魅力

崇拜

不是为了放弃

而是为了追赶

崇拜

不是为了停止

而是为了超越

崇拜

不是为了炫耀

而是为了坦然

崇拜

不是为了现在

而是为了未来

你崇拜我吗？

别

别轻易崇拜我

我一无所知

只想在人生之历程

张开双臂

闭上双眼

细细思索我的崇拜

崇拜　留在我心里

沉默　让我的崇拜伴随我的一生

我的情人　你在哪里

（写于前往波斯波利斯途中）

游走他乡
心留给了你
你却忘了曾经的誓言
移情别恋于温柔之乡
我的情人
怎忍抛下温柔的我
我心绞痛
你在哪里?

带上魂灵
我匆匆而归
你却了无音信
为了找到你
我的情人
即使孤独摧毁了我心
我仍然轻声呼唤
你在哪里?

我的情人
你在哪里?

你的拥抱

你的亲吻

怎可轻易给了别人

走出机场的瞬间

我的情人

狂热的拥抱

迷醉的亲吻

在哪里?

诗人的美丽

（写于设拉子）

所有的人
为你献上的千言万语
抵不上
诗人一个含情脉脉的逗号
诗人
让你每个细胞跳跃
你屏住呼吸
可以尽情陶醉
跳跃的酣畅

所有的人
为你奉上的美味佳肴
比不上
诗人一句欲说还休的引号
诗人
让你每个神经渴望
你养足精神
可以尽情享受
渴望的饥饿

所有的人

为你呈上的前程似锦

赶不上

诗人一段漫不经心的句号

诗人

让你每个器官燃烧

你蓄积水分

可以尽情感悟

燃烧的彻底

诗人

吝啬一字一句

但诗人

带你亲吻春天

不用眼睛

春光明媚尽收眼底

带你抚摸夏天

不用鼻子

夏风习习沁人心扉

带你拥抱秋天

不用耳朵

落叶沙沙高山流水

带你舞动冬天

不用嘴巴

雪花片片融融暖意

诗人

活在自己的世界

她的笑吐露的芳香

余温留在鸟巢里

她的泪飞落的岁月

余热留在孤独里

她用手

书写的传奇

留给懂她的人

慢慢追忆

她

告诉每一个踏足的人

诗人有怎样的美丽！

爱的救赎

（写于设拉子）

拥有

羁绊了梦想

可能达到的边界

城堡里

享受一成不变的美味

你的梦想

如何达到海之角的彼岸？

知足

捆绑了冲动

可能实现的边缘

庭院里

欣赏光彩夺目的花草

你的人生

如何达到天之涯的梦幻？

哈菲兹用酒神

赞美并引导你

走出城堡

一只手爱你和神灵

另一只手去爱芸芸众生
在爱中
你将领略爱的无边无际
踏出庭园
一只脚帮你和情人
另一只脚去帮四海之友
在帮中
你将成就爱的有情有义

你
有天使般恬静的笑
有清泉般明净的心
你的美
锁定在你的世界
世界会少了一份
本可以增添的甜
你的世界
由此失去
本可以由甜而带来的蜜

哈菲兹
给予了一条通往天堂的路
你是否选择
拐杖在你手里！

我走不进你的世界

（写于设拉子）

我知道

你有波斯女郎

勾魂摄魄的大眼睛

但我知道

你也有波斯少女

春意盎然的小世界

那世界

是我走不进的

我知道

你有波斯女郎

撩拨心弦的高鼻子

但我知道

你也有波斯少女

可爱灵动的小清新

那清新

是我闻不到的

我知道

你有波斯女郎

苍翠欲滴的大嘴唇
但我知道
你也有波斯少女
乖巧善良的小幽默
那幽默
是我听不到的

我用我的世界敲打你
你的小世界
由此而精彩
我用我的清新吹拂你
你的小清新
由此而涌动
我用我的幽默点燃你
你的小幽默
由此而智慧

波斯女郎
我走时
会记住你的芳香
告诉世人
你是怎样的美丽！
可否
我走后
你用波斯少女的心
记住我的光彩

告诉你的世界
一个纳西女人
亲吻了这片神奇的国度
用她的爱
吟诵哈菲兹美丽的诗篇！

女神不相信眼泪

（写于设拉子）

她走近我时

眼睛里

挂着晶莹剔透的珍珠

我召唤天使

珍珠里的光

瞬间绽放七彩的缤纷

珍珠

期待那个与光同行的影

她走过我时

投足间

透出滚滚红尘的玛瑙

我召唤神灵

玛瑙里的色

片刻旋舞六颜的韵味

玛瑙

期盼那个与色同醉的梦

一半是海水

一半是火焰

海水的绿叶

点缀了珊瑚的美丽

火焰的花瓣

撒落在花草丛中

女神

请低下你高贵的头

让海水与火焰

在黎明前交相呼应

世上唯有柔

才能解开

她的万千风情

泪如飞花飘落时

有一人

漫卷风云

静静地靠近她

泪如泉涌

连同情恨交加

定格

成为一个永恒的传奇

哈菲兹对萨玛格的谕言

（写于设拉子　参观哈菲兹花园有感）

七百多年的等待

萨玛格女人

用孤独

细细读你

唯有酒

可以尽情释放你的天赋

但

掩盖不了

纵情欢愉后

深情流露的率真

七百多年的沉默

仰慕你的人

用崇拜

颂扬你

一生的传奇

及诗文里的无尽爱

唯有我

愿意是你眼里的一滴泪

懂你

陪你尽情挥洒一世浪漫

二〇一六年十月四日
一个异国异族的萨玛格女人
怕惊扰你的沉沉入睡
小心翼翼
用心滑落的泪
轻抚你的诗篇
怎样的孤独
都阻挡不了
这个女人独爱你的心
及想用灵魂亲吻你的欲望

萨玛格女人
用微笑
埋葬她泪如泉涌的七窍
这个女人
注定追随你的影子
即使来自波斯的风
吹散她所有的光阴
摧毁她所有的才情
她在所不惜
只要能寻找到
影子里你留下的一点点落叶

萨玛格女人

用一醉方休的孤独读你

懂

不敢说

但用她的方式爱你

爱

一定是

萨玛格女人如此渺小

怎敢在你庭院前

奢求有人像我一样

穷其一生用诗篇里的酒

解读一个天赋异禀的灵魂

设拉子有权保持沉默

（写于设拉子飞德黑兰途中）

当所有的人

靠近我的时候

不管车轮如何旋转

世事如何沧桑

神让我

沉默应对

我用眼泪

洗尽所有的挫折

用头巾包裹历史

留下雪松棵棵

当所有的事

困扰我的时候

不管风云如何变幻

世人如何评说

神让我

沉默面对

我用风沙

吹干所有的眼泪

用色彩装饰信念

留下回忆朵朵

当所有的花
簇拥我的时候
不管绚丽如何多姿
语言如何描述
神让我
沉默相对
我用长发
渲染所有的情怀
用祷告祈求永恒
留下故事篇篇

当所有的风
离开我的时候
不管孤独如何寒心
悲伤如何难言
神让我
沉默不语
我用红唇
书写所有的不朽
用诗篇只言意会
留下念想片片

设拉子
也许

为居鲁士大帝流过泪

但不会改变它的纯净

也会为哈菲兹动过容

但也不会改变它的真实

请你小点声

神给予

我有权保持沉默

让我静静地

永远流淌在这里

哈菲兹庭院前的觉醒

（写于德黑兰）

我怕

怕看轻你

窥见自己的平庸

用双手高高托起你

成就你的伟岸

我怕

怕放弃你

践踏自己的美好

用双唇美美举起你

塑造你的优秀

我怕

怕忘记你

鄙夷自己的过往

用双眼深深立起你

凸显你的非凡

今天

在设拉子

我的灵魂
不再漂浮
不用捆绑
在一个虚无的真空里
哈菲兹用隐喻
解开了我心中的枷锁

小男人注定
永远只是小男人
我怎么能忘记
时间光阴给我的怜悯
上帝之手赋予我的才华
我本可以
在哈菲兹的灵魂处
用萨玛格的诗韵
拍打酒神指引的翅膀

此时此刻
我低下头
去舔撒哈拉沙漠里的风
风里传来美妙的声音
女人
萨玛格女人
你注定吹奏出
一个孤独者
浪迹天涯的非凡

有一种思念总在分手后

（写于德黑兰—广州—昆明途中）

拥抱的余热

还在眉宇间流连

你们

却撇下了我

一个哈菲兹都为之动容的

孤独旅者

迷人的夜色

会吞没你们心中的

那一片涟漪吗？

敞开的心扉

还在你我间梦呓

你们

却抛下了我

苦苦寻找心路的

迷途羔羊

现实世界的诱惑

会俘获你们心中的

那一份真实吗？

临别前

我无力奉上奇宝异石

但眼里的珍珠

一颗颗都在低泣

我爱的人啊！

怎可留下我

在白云机场

一个人落寞地思念

你的美为何锁深秋

我忘不了

蒙娜丽莎的微笑

神秘莫测中

透出点点哀怨

见你那一刻

惊呼

那神韵何其相似!

我忘不了

贝多芬的命运交响曲

跌宕起伏中

突出生生不息

想你那一刻

惊叹

那境遇异曲同工!

我忘不了

李清照的诗词

哀怨委婉中

显出柔情似水

牵你那一刻

惊诧

那身影十面埋伏！

我忘不了

杨丽萍的孔雀之灵

孤傲美丽中

露出人性之光

梦你那一刻

惊喜

那灵魂一针见血！

匆匆　匆匆

太匆匆

太多的人走过

不曾在我心里

留一丝一毫涟漪

你笑语连连

走来时

中国女性之柔美

惊动了我懒洋洋的心

虽然我不曾

送上哈菲兹的酒窖

释放你所有的哀怨

也写不出

惊天动地传世诗篇

让世人惊艳你的美

但

我想让你知道

你的美

为何锁在深秋？

冬雪纷纷之时

放飞你甜甜的笑

春暖花开之际

展颜你俏俏的脸

夏风习习之间

舞动你长长的发

你的美

值得世人尖叫！

图书在版编目（ＣＩＰ）数据

萨玛格的夏天 / 萨玛格著. -- 武汉：长江文艺出
版社，2017.9
ISBN 978-7-5354-9668-3

Ⅰ. ①萨… Ⅱ. ①萨… Ⅲ. ①诗集－中国－当代
Ⅳ. ①I227

中国版本图书馆 CIP 数据核字(2017)第 112407 号

责任编辑：谈　骁　　　　　　　责任校对：陈　琪
封面设计：左手画方　　　　　　责任印制：邱　莉　　胡丽平

出版：长江出版传媒　长江文艺出版社
地址：武汉市雄楚大街 268 号　　　邮编：430070
发行：长江文艺出版社
电话：027—87679360
http://www.cjlap.com
印刷：武汉市福成启铭彩色包装印刷有限公司

开本：880 毫米×1230 毫米　　　1/32　　印张：8　　插页：2 页
版次：2017 年 9 月第 1 版　　　　2017 年 9 月第 1 次印刷
行数：5227 行

定价：36.00 元